KB141625

너무 긴 하루

너무 긴 하루

김지원 제9시집

그린아이

2020년 2월 6일.

11개월 동안 우주에 머물렀던 우주 비행사들이 우주복을 입은 채 환히 웃으며 개선장군처럼 지상에 내려왔을 때 지상에서는 또 다른 우주복을 입은 사람들이 바이러스와 싸우고 있었다.

아무도 예상치 못한 일이었다.

싸움의 발단은 바이러스들이 사람의 길을 가로막으면서 시작되었다.

바이러스들의 선제 공격으로 시작된 싸움이었는데 싸움이 시작되자 바이러스들은 사람들이 말을 하지 못하도록 입을 틀어막았다. 그리고 발을 묶어놓았다. 함께 모이고 당을 짓는 것을 금했다. 그리고 철저히 유폐시켰다. 인간이 집단이 되었을 때 악한 쪽으로 흐른다는 것을 이미 알고 있었던 것일까. 모든 집단행동을 멈추게 했다. 그리고 이런 명령을 듣지 않은 자들은 모두 죽였다. 자비는 없었다.

금세 지상에는 가느다란 한 줄기 연기가 피어올랐다. 화장터 연기였다. 그 연기는 처음에는 작았는데 점차 둥글고 크게 원을 그리며 올라왔다. 그리고 바람을 따라 강줄기를 타고 서서히 범람원을 이루고 있었다.

자고 나면 늘어나는 주검의 숫자들!

사람들은 비로소 자신들의 무능함을 깨닫게 되었다. 작고 보잘것없는 것들을 무시했던 인간들의 오만이 작고 보잘것없는 것들에게 철저히 무너지는 시간이기도 했다.

만물의 영장이라는 자리를 내려놓는 시간이기도 했다. 그동안 인간이 전쟁을 위해 개발해 놓은 무서운 살상 무기들도 무용지물이었다. 미사일도, 항공모함도, 스텔스 기능도 아무 쓸모가 없었다.

무시로 있다 사라지고 공간을 이동하며 날개도 없이 공중부양을 하는 적들을 상대하기란 역부족이었다. 거기다가 적들의 실체는 전자현미경이 아니면 눈으로는 확인하는 것이 불가능했다. 군수품 보급을 받지 않아도 얼마든지 생존할 수 있으며, 어느 공간이든지 자유자재로 드나들며 무차별 공격을 감행하는 놈들을 상대하는 것은 버거운 일이었다.

좌파와 우파의 싸움이 아니었다. 국가와 국가 간의

싸움이 아니었다. 인간과 외계인의 싸움도 아니었다. 눈에 보이지 않는 적들과의 싸움이었다.

아무도 생각지 못한 일이었다. 전선이 명확히 정해진 것도 아니었다. 무슨 선전포고 따위는 없었다. 총소리도 없었고 진격 나팔 소리도 없었다. 소리 없이 나타나서 소리 없이 공격하는 침묵의 살인자들! 전 세계를 상대로 한 전쟁이었다.

어두컴컴한 우한 어느 수산시장 근처에서부터 시작된 싸움은 걷잡을 수 없이 사방으로 퍼져 나갔다. 공격의 대상을 특정하지는 않았다.

잘사는 자와 못사는 자를 가리지 않았다. 지위의 높고 낮음도 가리지 않았다. 어른이나 아이도 구분하지 않았다. 만나는 자는 공격의 대상이었다.

최초로 싸움이 시작된 도시는 봉쇄되었다. 인적이 끊겼다. 적막만이 흘렀다. 그러나 사람은 봉쇄되었지만 바이러스는 봉쇄되지 않았다. 죽음의 그림자만 음산하게 도시 전체를 뒤덮고 있었다. 사람들은 서서히 무너져 갔다. 봄이 와서 꽃이 피고 새가 울면 끝날 것 같은 싸움은 쉽게 끝나지 않았다. 오랫동안 유폐된 사람들은 발광하기 시작했다. 인기척이 끊어진 텅 빈 도심은 어둠과 두려움의 침묵이 무겁게 짓누르고 있었다.

한밤중쯤 누군가 아파트 창문을 열고 소리를 지르기 시작했다.

"아아아, 우우우……."

죽은 줄로만 알았던 맞은편 창문에서도 소리가 들렸다.

"아아아, 우우우……."

"워이 워이……."

처음에는 아주 작은 소리로 구슬프게 들리던 소리가 시간이 지날수록 점점 큰 소리가 되어 울리기 시작했다. 그리고 그것은 마치 밀림 속 짐승들의 울부짖음처럼 텅 빈 도시 전체로 울려퍼져 나갔다.

음울한 합창이었다. 곡조도 없고 가사도 없는 거대한 신음소리!

아무도 알아들을 수 없는 괴기한 울부짖음이었다.

밀폐된 공간에 먹을 것과 마실 것은 있었지만 아무런 위안이 되지 못했다. 생존에 필요한 것은 단순히

빵이 아니라는 것을 증명하는 것일까.

　방공호 따위는 필요 없었다. 피난 갈 곳도 없었다. 안전한 곳은 처음부터 지상에 존재하지 않았다.

　새해 벽두부터 시작된 전쟁은 그 해가 다 가도록 지루하게 계속되었다. 사람들은 살아남은 자들의 숫자에 희망을 걸다가 그만 포기해 버렸다. 숫자를 바라보는 것은 쓸데없는 일이라는 것을 알았기 때문이었다. 밑도 끝도 없는 싸움이 끝난 것은 한 해가 다 저물어 가던 어느 날이었다. 어느 날 바이러스들이 일순간 공간이동을 해버렸기 때문이었다. 알 수 없는 일이었다. 아무도 그들이 간 곳을 아는 사람은 없었다. 인간들에게 철저히 낮아짐이 무엇인가를 가르쳐준 후 일방적으로 철수했다. 지상에는 전쟁의 상처만 가득했다. 포연이 가득한 폐허 위에 간간이 연기만 피어올랐다. 철수한 적들은 잔인했다. 죽은 자들에 대한 일체의 눈물이나 접근도 금지시켰다. 당분간 이 허탈한 정적은 계속될 것 같았다.

　문득, 백년쯤 지난 어느 날 역사가는 이렇게 기록할지도 모른다는 생각이 들었다.

"2020년 봄.

그때 당시 인간들은 우주를 정복했지만 바이러스는 정복하지 못한 상태였다."

차례

차례

하루살이의 말

하루는 너무 길다

아무리 기다려도 저물지 않는
지루한 하루 해

일각이 여삼추라니!

매미들의 합창

미음 미음 미음 미이이이
시옷 시옷 시옷 씨이이이
리을 리을 리을 리이이이

한여름
땡볕과 가뭄과 홍수 속에서
땀흘리며 사투하는
모국어 교실.

가을 음계音階

가을에는
사방에서 피아노 소리가 난다

바람은
부는 곳마다
도, 레, 미, 파
건반을 누르고

고향 가는 길은 흰서리 내린
외로운 도돌이표

기러기는 높은음자리표를 물고
홀로 하늘을 날고.

공덕비

아무도 찾는 이 없네
너무 많아 변별력이 없고
오래되어
돌에도 저승꽃이 피었네

갑자년 먼 곳에서 귀인이 온다더니
이름 획수가 적어
단명했는지
소식도 희미해져 알 수 없고

발이 없으니 오지도 가지도 못하고
일찌감치 망부석이 되었네.

눈은

눈은 자기 옷을 벗어
헐벗은 것들을 감싸준다
눈은 자기 체온을 내어
붉게 언 것들을 살포시 껴안는다
눈은 자기 몸을 풀어
누추한 것들을 가려주고
가난한 자들에게 꿈의 이불을 덮어준다

아프고, 외롭고, 쓰라린 상처 위로
밤새도록 내리는 위로의 손길

눈은 봉창문 환히 밝아오도록
회복의 기도를 드린다.

젖은 낙엽

내려놓으면 가벼워질 줄 알았는데
더 무거워진 몸

비에 젖은 낙엽이
쉬 떠나지 못하고 있다.

바람 서설序說

모든 것은 바람이다
알고 보면 바람이다
생각하고
또 생각해봐도
역시 바람이다.

매미 허물

여름 내내 꿈꿔 오던
유체이탈遺體離脫이다

육신의 옷 한 벌 달랑
지상의 나무에 걸어놓고

홀연히
천상으로 올라간.

개울

바다는 낯설고
강물은 친근하고
개울은 정겨워
노래가 없으면 길을 잃네.

담

담을 넘으라
그리하면 만나리라

담을 무너뜨리라
네 지경이 넓혀지리라

아예
담을 없애 버리라
그리하면 자유하리라

그러나
스스로 만든 담에 갇혀
어쩌지 못하는
너는 슬픈 수인囚人.

강아지풀

그는 한때
손바닥에서 놀던
애완견이었다

그는 한때
따뜻한 품에 안겨
생의 절반을 나누어 가졌던
반려견이었고

싫증나
낯선 곳에 버려졌던
유기견이었다

워리, 버꾸, 메리, 쫑……

무너지고 또 무너져도
곰살맞게 머리를 흔들며
여름 들녘에 가득 돋아나는

그는 한때,
슬픈 망각이었다.

저항

눈을 밟으면
뽀드득 소리를 내며
더 단단히 뭉친다

모래를 밟으면
싸그락거리며
발끝에서 아득히 튀어오른다

보리를 밟으면
더 새파랗게
돋아나고

낙엽을 밟으면
바스락거리며
온몸을 순식간에 부숴버린다

밟히는 것들이 내는
소리!

무등의 꿈

무등은 거기 있었네
삶이 분주하여 까마득히 잊고 있을 때에도
그 자리에 그대로 있었지

밤잠을 못 이루고 뒤척이던 세월
세상은 늘 높고 낮음으로
등급을 나누고

산 아래 마을 사는 사람들이
갈대처럼 흔들릴 때에도
견고한 화두로 남아

창세부터
종말까지
평등한 세상을 꿈꾸는지

입석대는
종일 서서
의인 한 사람을 기다리고 있네.

변신

나무는 제 몸을 불살라
숯을 만들고
숯은 제 몸을 불살라
재를 만들고
재는 제 몸을 불살라
바람을 만들고
바람은 제 몸을 불살라
허무를 만들고.

원근법

멀리서 위대해 보이던 것들도
가까이서는 왜소해 보일 때가 있다

반대로,
가까이서 하찮게 보이던 것들이
서너 발 물러서면 아름답게 보이고

가까이서 미워하던 시간들도
멀리서 보면 그리움이다

세상에 무엇이 아름다우며
무엇이 누추하랴
모두가
멀고 가까움에 있는 것을.

시간의 끝에 가면

산도 나이가 들면
머리가 희어진다

유럽 알프스의 최고봉인 몽블랑
아프리카의 킬리만자로
일본의 후지산
그리고 소싯적부터 흰머리인
백두산

머리가 흰 산들은 그 자체가 존엄이다
몽블랑을 향해서는 집도 못 짓게 한다
후지산은 영원한 삶으로
백두산은 민족의 영산으로 남는다

갈대도 나이를 먹으니 허리가 굽고
머리가 희어진다
억새도 나이가 드니 흰 머리칼을 휘날리고
목화도 나이가 들어 머리가 새하얗게
벌었다

항상 시작하는 시간
그리고 항상 종말에 사는 시간
그도 나이를 먹으니
흰 눈을 뒤집어쓴다

폭설에 파묻힌 삼라만상이 가물가물
섬처럼 떠 있다

왜 시간의 끝에 가면
모든 것이 하얗게 되는 것일까.

가을 담쟁이

피 묻은 손 하나
움켜쥔
자유에의 갈망

브란덴부르크 담을 넘지 못한 채로
숨을 거둔.

노을

노을이 진다
힘겹게 달려온 생애
고단한 하루가 걸려 있다

모든 하늘을 다 태우고 남은 바람들이
이별을 그리고 있다
아름다웠던 기억들과
슬프고도 애잔한 이야기들을
상기된 표정으로 채색하고 있다

이제 저 붉게 타는 강을 건너면
마침내 그리던 본향에 이르리라

문득, 눈을 들어보니
추억을 다 사르지 못한 구름 한 조각이
이승과 저승 행간에
은유로 걸려 있다.

라멧

히브리어 문자 라멧을 보면
낙타 같다는 생각을 할 때가 있다

알파벳 중간에 끼어 느릿느릿
모래언덕을 넘는 한 마리 단봉낙타!
요셉을 은 20에 사간 이스마엘 상고들이
타고 가던 낙타 같기도 하고
어찌 보면 동방박사들이 예물을 싣고
산 넘고 물 건너 온 낙타 같기도 한 것이
사람들 사이에 가물거리며 떠 있다

사막이란 원래
사람 사는 것이 막막하여 사막이라고
불어오는 모래바람에 눈을 지그시 감고
잠시 사념에 잠기기도 하지만

이내 먼 길을 떠나는 나그네 되어
터벅거리며 걸어가는 우리 모두는
히브리어 알파벳 속의 낙타 같다는 생각을

할 때가 있다.

*라멧 ㄱ: 히브리어 12번째 알파벳.

그림자

그림자 곁에는
그림자임을 증명하는
그림자가 있다

세상 모든 것을 흑백으로만 보는
무성영화시대의
활동사진이 있다

어둠 속에서는
자신을 분실하지만
밝음 속에서는
용케도 자신을 되찾는
공간의 유실물

때로는 또렷해지기도 하고
때로는 희미해지기도 하다가
마침내
그림자처럼 사라져버리는
그림자.

망초꽃 세상

무리져 피어 아름답네
불어오는 바람결에 흔들거려
더욱 즐거워
척박한 땅 어디든 발돋움하고 피어
가득한
새하얀 망초꽃 무더기가
어둔 세상을 밝히네

동그란,
어디서 본 듯한 낯익은 얼굴들
온 세상 끝까지 피어 눈부시네.

우리말

우리말에는 "막"자 들어가는 말이 많이 있다
막국수, 막걸리, 막사발, 막도장, 막대패
닥치는 대로 살다 보니 생겨난 말이다

막노동 막춤 막판 막장 그리고
막장 드라마까지
더 이상 갈 곳이 없어 생겨난 말들이다

아아, 그리고 막말, 막무가내
그리고 막되다와 막가다라는 말도 있다
다 방향을 상실해서 생겨난 말들이다.

우리글

우리글은 기하학적 도형이다
태초에는 삼각형도 있었다
사각형도 있고 동그라미도 있고
직선도 있고 직각도 있다

세상의 모든 글자들이 구부러져
한세상 편히 살 때
어찌자고 꼿꼿이 서서
곡학아세曲學阿世하지 말자 하였던가

직각이라서 구부러지지 않고 꺾이는 일이 많았다
직선으로 내달리다 보니 평생 만나지 못한 일도 있다
이판사판이라고
살기 아니면 죽는 일도 많았다.

백로

그렇게 난폭하던
계절이 가고
거짓말처럼 온 지면에
순백의 이슬이 내리기 시작했다

영원히 지속될 줄 알고
불의한 일 한 번 하고 돌아온
저녁.

새

불 밝히고 앉아
새 우는 소리 듣는다
이 야심한 오밤중에
눈물 아직 마르지 않은
저 새털 같은 쓸쓸함 뒤에도
숨어 있는 그림자
입춘 지나 붉게 언 강물 다 풀리는데
아스라이 손에 잡힐 듯 아른대는 슬픔
다 날지 못해
홀로 뒤척이는 새.

망각으로

파도가 인다
그러나 더 큰 파도가 오면
곧 잊혀지고 만다

주먹만 한 파도 뒤에
집채만 한 파도가 오고
집채만 한 파도 뒤에
산 같은 파도가 인다

다시 파도가 인다
산 같은 파도 뒤에
더 큰 파도가 와서
흔적도 없이 지워버린다

모든 것이 물거품이라는 것을
슬픔도 눈물도 잊혀지고 나면
다시 새로워진다는 것을
말하려는 것일까
놀란 가슴들이 새파랗게 물든다

파도가 치고
다시 그 뒤를 파도가 뒤따른다

모두들 망각으로 가고 있다.

매미 소리

매미가 운다
소란한 세상 한복판을

참매미 사십오 데시빌
말매미 팔십구 데시빌
세월 가는 것이 아쉬워 울어대는
세월 매미 백점 일 데시빌

벌써 법정 소음치를 벗어나고 있다
모조리 과태료 부과 대상이다

그래도 기를 쓰고 우는
푸른 자유

데시빌!
데시빌!
데시빌!

양치류의 눈물

가까이서 보지 않으면
보이지 않은 것들이 있습니다
가까이서 듣지 않으면
들리지 않은 것들이 있습니다
너무 희미해
새털처럼 가벼워진 삶의 무게

다정히 부르지 않으면
점점 멀어져가는 것들이 있습니다

한식경을 기다려도
산 듯 죽은 듯
호흡을 정지한 채 미동도 없이
홀로 포자를 날리는
가여운 양치류의 몸짓

세상에는 너무 작아
까마득해진 것들이 있습니다.

치매 1

혼자서는 밥을 먹을 수도
길을 갈 수도
옷을 갈아입을 수도 없다

천신만고 끝에
다다른
전적 무능의 경지.

치매 2

똥을 싸고
오줌을 싸고
욕을 하고
마누라를
소 닭 보듯 하고

가는 발걸음
차마 떨어지지 않아
이렇게 정떼기를 하는

아아,
밤새워 넘는
아득한 산.

치매 3

다 쓰고 난 몸뚱이는
스스로에게도
부담스럽다

아무도 대신 질 수 없는
남루한
짐 보따리
하나.

치매 4

요양원 문밖에 나가
종일 기다린다

눈이 내린다
인적이 끊긴 산길
....

저렇게 기다리는 것은
그림자보다 희미한
기억 때문인가

남은 심지
가물거리며
관솔불처럼 타고 있는 밤.

나의 일기

저녁놀이 슬프게 타오르는 날엔
보수주의자가 된다
반대로
아침 해가 찬란히 떠오르는 날엔
슬그머니 진보주의자가 된다

너무 감성적이어서
나의 일기日記는
플러스마이너스
오차 범위 내 신뢰수준을
항상 벗어나고 있다.

흙빛

모든 것은 흙빛이다
간장 된장 고추장 할 것 없이
끓이고 끓여
맨 나중 남는 것을 보면

오래된 것은 흙빛이다
기둥 서까래
의걸이 장롱 할 것 없이
해묵어 수한이 다 된 것들을 보면

사색이다
땅강아지 굼벵이 지렁이 등
맨몸으로 흙바탕에
나뒹구는 것들을 보면

가엾게도
흙에서 흙으로
점점 가까이 다가갈 뿐
아무도 일탈을 꿈꾸지 않는다.

세모엽신

일 년 전
길 떠난 지구가
정처 없이 헤매다 돌아왔습니다

모년 모월 모시
아픈 상처 위로
눈이 내립니다

편지를 씁니다

살아남은 자들이
슬픔을 딛고
포도청 같은 종을
울리는 시간.

봄날

순간을 연결하면 영원이 되고
영원을 잘게 쪼개면
다시 순간이 되거늘

어찌하여 봄날은
꽃을 잃은 채
홍매화 향기를 풀어
뜨락을 서성이는지.

먼 길

어머니!
여기가 거긴가요
가물가물
머흘한 영 넘어

오르고
또 올라도
여전히 가파른
멀고 먼 길

가쁜 숨 몰아쉬며
잠시 푸른 하늘을 우러러
눈물도 닿지 않던 세월
그곳이 여긴가요

가물가물 아득한
한사코 손사래를 치시던
그 길은.

잃어버린 시간들

꽃으로 닿을 수 없네
향기가 사라진 길

바람으로도 갈 수 없네
정적만이 감도는 추억으로

빛나는 날개가 있다 한들
무엇하리
한없이 길어지는 귀를 가지고도
들을 수 없는
발자국 소리는

젊음이여
불면으로 뒤척이던 밤이여

오직 추억으로만 갈 수 있네
잃어버린 시간들은.

비무장지대에 가면

비무장지대에 가면
모두 완전 군장이다
비무장지대에 가면
보이는 것은 모두 적군이다

모든 것은
철조망에 묶여 있다
땅도, 구름도, 바람도,
그리고 세월마저 묶여 있다

비무장지대에 가면
모두 독새풀처럼 무성하고
모두 평화유지군처럼 고요하다

오래된 것들은
까마득히 세상을 잊어버리고
무념무상의 세계

썩은 참나무 등걸을 타고

핵우산 같은 구름버섯들이
뭉게구름처럼 피어올라
소리도 없이 포자를 날리고 있다.

불완전 타동사

나는 불완전 타동사입니다
목적어와 보어를 필요로 하는
불안한 눈빛입니다

혼자서는 설 수 없고
붙들어주지 않고는 견딜 수 없는
연약한 존재입니다

목적도 없이 방황하던 젊은 날
그림자마저 외로웠던 강가에서
아픔과 절망이었던 기도

나는 불안한 품사에 지나지 않습니다

당신이 붙잡아주지 않고는 의미를 상실하는
어눌한 낱말일 뿐입니다.

죽은 나무

나무는 죽어도 다시 산다
허물어진 밑둥치는 불개미 집으로
옹이진 가장자리는 풍뎅이의 놀이터로
바스러진 속살은 굼벵이의 보금자리로
무릎 아래 자비로 구름버섯을 기른다.

가슴감각

세월이 가니
모든 것이 사라지고 가슴만 남는다
눈물샘은 말랐는데
가슴은 늘 촉촉하게 젖어 있다

밤새 불던 바람은 어디로 갔는지
소란했던 세상은 점점 희미해지고
미처 떠나지 못한 언어만 남아 웅얼거린다

먼 길을 홀로 떠날 때도 있다
아득한 들판을 서성일 때도 있다

모든 것은 점점 멀어져 가는데
차마 떠나지 못한 가슴만 남아
촉촉이 젖어 있다.

봄 스케치

바람이 분다
하얗게 휘날리는 꽃이파리……

뽀얗게 흐린 시야 너머로
누군가 걸어오고 있다

한때,
나른한 바람들이
머물다 간 자리

눈 쓸듯
낙화를 비질하는 노인의
굽은 등 뒤로

설핏 기우는
봄 오후.

여름 일기

매미가
소나기같이 우는 날은
하늘이 높고
무더위가 떼로 몰려왔다

한 번 눈 뜰 때마다
콩밭의 콩들이
새파래지고
수수목이 길어졌다

인적이 드문 산촌
외로움이 타들어가던
충만한 시간의 끝

눈물 같은 벼꽃이 피고
나락에 뜨물이 들었다.

그날 이후

모든 것들은 정지해 있다
그날 이후
한 걸음도 앞으로 나아가지 못한 채
시간에 눈물이 고여 있다

아무리 큰 파도가 와도
지워버릴 수 없는 기억으로
오월의 장미도 화려한 빛을 잃고 있다

바람은 어디로
꽃잎들을 데리고 갔는지

꿈, 기도, 희망이라고 써 본다
지우고 다시 쓴다
쓰면 쓸수록

아, 슬프다
슬프다는 말마저 삼켜버린
그날의 언어.

파도의 말

저렇게 날이면 날마다
온몸으로 밀려오는 것은
말 못할 사연이 있을 게다
올 때마다 제 몸을 던져
산산이 부서지는 것은
푸른 목소리로
세상을 가득 채우고 싶었을 게다
잊혀진 그림자 곁에
밤새 웅얼대던 빛바랜
너의 기도

날이면 날마다 새파랗게 다가서는 것은
다 풀어놓지 못한
멍든 가슴이 있었을 게다

네가 만약 세상의 모든 감동을 보려면
동틀 녘 바닷가에 나가 보라

밤새 익사한 수많은 말(言)들의 잔해를
목격하리라.

눈雪길

세상의 모든 발자국을 남겨놓는다

남겨논 발자국들을 흔적도 없이 지워버린다

다시 새하얀 여백을 깔아놓는다.

공룡의 끝

언제까지 자랄 것인가
이 공룡들은
탐욕의 촉수를 어디까지
뻗을 것인가
저 무한한 욕망의 빨판들은

영문도 모르고 달려가고
영문도 모르고 밀려가고
영문도 모른 채 합류하는
거대한 물결

무엇을 알기나 안 것일까
무엇을 어쩌자는 것일까
도대체 어디까지 가자는 것일까

무너질 그날을 알고 있으면서도
끝없이 일어서는 행렬.

한반도 날씨

한반도 대기는
항상 불안하다
4대 기단이 모여
밀고 당기는 싸움

양쯔강 기단과
오오츠크 기단과
북태평양 기단과
시베리아 기단이 서로 부딪치는
팽팽한 긴장

여름에는 장마전선을 구축하여
기습성 게릴라 폭우를 쏟아붓기도 하고
겨울에는 동장군과 함께
한랭전선을 구축하기도 하고

일진,
일퇴다

더러는
남태평양에서 발달한 고기압과
북쪽에서 다가온 차가운 바람이
제트 기류를 데불고.

내 시는

내 시는 수평이동이다
수직이동이다 아니다
물질의 공간이동이다

내가 먹은 식물의
수구초심이든지

마지막 우듬지에서 뛰어내리는
무당벌레의 아득한 비상이다.

봄 단상

헌 봄으로 가득한
새 봄

그래도 남은 시간을 이끌고
백의종군하는
바람.

꽃샘추위

봄꽃이 피다 말고
눈꽃이 피었다

밀고 당기고
일진일퇴다

해마다 되풀이되는
오래된 유희遊戲.

봄소식

수신만 되고
발신이 되지 않은 전화가 왔어요
천지에 가득한
벨소리.

다리

다리가 되리라
외로운 섬과 섬을 연결하는
물결이 되고
망각의 세월 건너편에
기억을 되살리는
추억이 되리라

다시 다리가 되리라
평행하는 두 직선을 베고 누운
침목이 되고
단절된 언어와 언어를 잇는
접속사가 되리라

오래고 낡아
쓸쓸한 풍경이여
나를 밟고 건너라

나는 너에게 살포시 내미는
등허리가 되고

어깨와 어깨를 연결하는
춤사위가 되고
고저장단이 되고
마침내 뜨거운 눈물이 되리라.

주행거리

모르고 달려온 길
알고는 엄두도 못 낼 거리

비포장도로를 달리느라
우여곡절도 많고
털털거리고 먼지투성이다

접촉사고도 많았고
도장은 했지만
여전히 감춰진 흠집

추월당하기도 했고
추월하기도 했고
어둔 터널 지나고
험산준령 넘어
또 얼마를 가야 하는지

아침마다
새롭게 눈 뜨지만

낯설기만 하여
늘 불안한 출발.

시비詩碑

묘비는
죽은 사람 앞에 세우고
시비는
시의 죽음 앞에 세우는 것

언어가 차가운 돌이 될 때
시는 사라지고
시비是非만 남네.

성하盛夏

후둑이는 빗방울이
잠든 대지를 흔들어 깨운다

우르르 쾅쾅
번개가 번득이더니
대지의 맨살을 핥고 지나갔다

어느 천상에서 내려온
가녀린 풀씨 하나

바람이 다독이고
햇빛이 안아주고
대지는 젖을 물리고

생명을 배태한 온갖 것들이
제 새끼들을 키우느라
분주한 여름.

때가 되면

때가 되면 알리라

때가 되어
내가 살았던 세상을 살다 보면
비로소 생각이 나리라

지난 시간은 얼마나 무례했으며
무지했는지를

그때가 되어
내가 가던 길을 가다 보면 불현듯 생각나리라

사랑을 외면한 채
달려가기에만 바빴던 어린 시절
귀를 막고
네 고집대로 주장했던 일들로
불면으로 뒤척였던 밤을

그러나 이미 지나간 일들

시간은 자비를 베풀지 않는
차가운 파충류의 혀

돌이킬 수 없는 때가 오면 알리라
붙잡을 수 없어
더욱 그리워지리라.

▸제2부

광야에서

광야에서

하늘의 별을 보고
바닷가의 모래알을 보고 꿈꾼다
아브라함같이

둘러선 곡식 단을 보고
해와 달과 열한 별을 보고 꿈꾼다
채색 옷을 입은 요셉처럼

젖과 꿀이 흐르는 땅을 바라보며
주신 언약을 굳게 믿고 꿈을 꾼다
그 옛날 히브리인들처럼

광야길 피곤한 노정에서
지치고 고단한 삶의 끝에서
우리 모두는 꿈을 꾼다
한 마리 새가 되어
영원을 향해 날아가는.

성자나무

보아라
한 번 정해준 자리를 떠나지 않고
평생 제자리를 지킬 줄 아는 나무를
먹을 것을 위해 허둥대지 않고
하늘 양식만으로도 늘 넘치는 은총을
보아라
자신은 풍찬 노숙을 하면서도
품안에 찾아오는 모든 날짐승들의 안식처가 되어
따뜻이 품어주는 넉넉함
더위에 지치고 고단한 모든 이에게
그늘을 내어주는
평등한 세상을
보아라
때를 따라 열매를 내어
빈자들의 양식이 되는 희생
가을이면 몸에 지닌 마지막 남루까지
아낌없이 벗어주고
새봄을 준비하는 거룩한 모습을.

천사

은빛 날개를 단 빛난
그림 속의 천사를 생각지 말라
천사는 외로울 때 네게 와
사랑을 베풀어준 이

형용할 수 없는 천상의 말을 하는
천사를 기다리지 말라
천사는 환란 중 네게 와
따뜻한 말을 건네주던 이웃들

아름다운 장식으로 치장한 천사를
바라지 말라
천사는 가난하고 소외된 자를 섬기던
투박한 손길들

너는 아느냐
땀 흘리고 수고하고 묵묵히 제 사명을
감당하는
네 옆의 수많은 천사들을.

고백

이제 보지 않아도 됩니다
듣기만 해도 좋습니다
손가락으로 확인하지 않아도 됩니다
두 번 나타나지 않으셔도
보는 것에서
믿는 것으로 충분합니다
다시 오실 그날을 그리워하는 것만으로도
만족합니다.

두 개의 그림자

그는 태초에 그림자였다
검고 어두운 그림자가 아닌
희고 빛난 옷을 입은 그림자
그림자를 햇빛 아래서 본 자는
아무도 없었다
햇빛보다 더 밝으므로
햇빛이 그림자가 되었다

만질 수도 볼 수도 없었지만
단지 들을 수 있었다
끊임없이 사람의 입에서 입으로 건너온
그림자
그는 행간에 숨은 은유였다

가끔 바람들이 지나가며 그에 대하여
밑도 끝도 없는 말을 전해 주었다
반석에서 생수가 터지기도 하고
장대 높이 달린 놋뱀이 되기도 하고
광야에 메추라기를 날리기도 했다

많은 사람들이 바라만 보다
어디론가 흩어지곤 했다
막상 그가 나타날 때는
아무 소리도 들리지 않았다
기다렸지만
아무도 기다리지 않을 때였다
가장 캄캄한 절망의 끝에서
그가 불쑥 나타났다

순간, 그림자는 소멸했다.

잠언 시초詩抄

막막할 땐 꿈을 꾸어라
그리우면 먼 곳에서 오는
바람 소릴 들으라
외로우면 목놓아 울고
힘들 땐 정처 없이 길을 떠나라
잊혀진 약속을 기다리며
천 날쯤 밤을 지새다 보면
마침내 쑥국새 울다 지친
봄 밤 하나 만나리라.

문門

밤마다 나는 죽는다
아침이면 다시 산다

삶은
죽고 다시 사는 연습

수천만 번의 시행착오 끝에
비로소 열리는 문.

성탄절 밤에

별의 몸짓을 읽을 수 있는
지혜를 주십시오

별의 언어를 공책에 옮겨 적을 수 있는
명철을 주십시오

그보다
별을 따라 나설 수 있는
믿음을 주십시오

아득한 옛날
동방에서 온 박사들처럼
오직 경배만을 위하여 왔다가
경배만을 위하여 돌아간
아름다운 밤이 되게 해 주십시오.

허락된 시간

모든 것을 이룬 후에
하려고 하지 말라

꿈을 이룬 후에
목표를 달성한 후에
모든 것을 성취한 후에
하려고 하지 말라

온전히 이룬 자는
하나도 없고
너에게 허락된 것은
지금 이 시간뿐

부족하고
모자라도 행하라
시간은 결코
너를 기다려 주지 않으리니.

장막집

언제 무너질지 모릅니다
언제 출발해야 하며
어느 곳에 머물러야 할지
하루에도 수없이 넘나드는
낯선 시간의 경계

구름이 가면 가고
불기둥이 서는 곳에
머물러야 하는 여정

언제입니까
손으로 짓지 아니한
영원한 장막에 이르는 날은.

오래된 침묵

내 기도는
늘 기약 없는 기다림입니다

세월의 흔적마저 희미해져버린
너무 오래된 약속

오실 그이가 당신입니까
아니면 누구를 더 기다려야 할까요

목마름도 잊은 강물
시퍼렇게 천년을 흐르는데

가르쳐 주십시오
침묵마저 삼켜버린
그토록 오래된
침묵의 의미를.

빛과 어둠

주께서 두 경계를 지으시고
다시 두 경계를 허무시다

빛 속에서 눈을 뜨고
어둠 속에서 눈을 감는 것들이 있다
반대로 어둠 속에서 눈을 뜨고
빛 속에서 눈을 감는 것들이 있다

어둠 속에서 눈을 뜨면 빛이고
빛 가운데서도 눈을 감으면 어둠인데
눈을 감아 비로소 찾은 안식
눈을 뜸으로 얻는 자유

어둠이 빛의 다발을 밤새 붙들고 있다
아침이면 푸른 들판에 풀어놓고
빛은 어둠을 잉태했다가
밤이면 어둠의 알갱이를 촘촘히 해산한다

결국은 제 갈 길로 가지만

빛이 없으면 어둠은 슬픔에 잠긴다
어둠이 없으면 빛은 눈물이고
탄식이다
아, 놀라운 조화다
모든 것이 한 손으로 지으신 바 된.

뿌리 깊은 나무

뿌리 깊은 나무가 되게 하소서
뽑으려야 뽑을 수 없는
견고한 심지가 되게 하소서

비가 오고, 바람이 불고, 창수가 날지라도
흔들리지 않는 의지
부동의 뿌리가 되게 하소서

작은 바람에도 흔들리고
살랑거리는 미풍에도 배역했던 시간들
뿌리가 연약하여 넘어졌던 지난날들은
늘 부끄러움뿐입니다

더는 마옵시고 용납하소서
어떤 환란에도 변치 않는 견고함이 되도록.

비아 돌로로사

사랑하는 자만이 오를 수 있네
험한 골고다 십자가의 길

깨어 있는 자만이 들을 수 있네
그 밤 감람산 기도 소리는

끝까지 따르는 자만이 볼 수 있네
가시관 쓰신 그 형상은

엘리 엘리 라마 사박다니……

그때 우리는 거기 없었지
수많은 베드로가 되어 뿔뿔이 흩어지고
이제는 흑인 영가 같은
슬픔만 흐르는 시간

헤아린 자만이 알 수 있네
우리가 진 사랑의 빚이 얼마나 큰가를.

성탄절 기도

성탄절에는
들뜨지 않게 하소서
오직 한 분만을 기다리는
설레임 외에는

성탄절에는
그리워하지 않게 하소서
나의 누추한 사랑을 전하고도
아쉬워했던 지난날처럼

한 해가 말없이 저물어가고
세밑을 밟고 가는
부산한 발걸음 소리들
덧없이 보내는 허전함으로
서성거릴 때

문득,
바람이 전해준
오래된 약속

성탄절에는
아무것도 기다리지 않게 하소서
오직 한 분
아기 예수 외에는.

제3부

시와 함께 읽는 산문

산

우리 민족은 산을 좋아한다.

국토의 70%가 산이라는 특수성 때문일까. 아니면 오랫동안 산에 기대어 산 세월 때문일까. 산을 노래한 시인 묵객들이 유난히 많다. 방랑시인 김삿갓은 "해마다 구월이 되면 구월산을 지난다"고 구월산을 노래하였고 김시습은 청평산을, 그리고 송시열은 금상산을 노래하였으며 김소월은 「산유화」에서 "산에서 우는 작은 새여 꽃이 좋아 산에서 사노라네"라고 노래하였다.

이스라엘 같은 경우는 나라 전체를 말할 때 '단에서 브엘세바까지'란 지명을 쓰지만 우리나라 사람들은 '백두에서 한라까지'라 하여 두 산 이름을 기준점으로 하고 있다. 또한 백두산을 민족의 영산이라 하고 온 나라를 백두대간이라 부르기도 한다. 또 임금님이 앉아 있는 용상 뒤에는 '일월오악도'라 하여 전국에 있는 다섯 개의 명산 위에 해와 달을 그려 넣은 병풍이 자리하고 있으며, 풍수지리에 있어서도 배산임수가 명당의 기본 조건으로 알려져 있다. 그 밖에 금계포란형이네 금환락지네 하는 것도 알고 보면 산과 유관한 지형을 말한다. 그뿐 아니라 천하대피소로 10승지지十勝之地를 말하는데 십승지지란 대부분 깊은 산골짜기로 피란하기 좋고 목숨을 부지하기 좋은 땅들을 말한다. 이런 연유일까, 애국가에도 산 이름이 두 개가 들어가니 1절의 "동해물과 백두산이"에서 백두산이 들어가며 2절의 "남산 위에 저 소나무 철갑을 두른 듯" 하다 하여 남산이 들어간다. 글쎄, 잘은 모르지만 애국가에 산 이름이 두 개씩이나 들어가는 나라가 몇 개국이나 될 것인가 생각해본다. 미국만 하더라도 그 내용이 "너는 보느냐 이른 새벽 저 빛을 보라. 작렬하는 포탄과 붉은 섬광 속에서도……성조기는 자유와 용맹의 땅에서 휘날리리라"는 내용으로 산 이름이 없다. 또 일본의 애국가인 기미가요는 우리 애국가의 절반도 안 된 데다가 그 내용도 "우리 님의 세상은 천년 만년 이어지소서. 조약돌이 바위가 되어 이끼가 낄 때까지"로 역시 산 이름이 없고 바위와 돌멩이 이야기만 있을 뿐이다. 역시 우리의 이웃인 중국의 애국가 의용군 행진곡도 "일어나라 노예가 되기 원치 않은 사람들이여. 우리의 피와 살로 새로운 장성을 쌓아가자…… 적의 포탄을 뚫고 전진! 전진!" 대략 이런 내용이다. 산으로 본다면 미국은 로키산맥이 있고, 일본은 후지산 그리고 중국은 태산이나 천산, 황산 등 크고 작은 명산들이 우리와 비교할 수 없을 만큼 많지만 산 이름과 상관이 없는 것을 보면 아무튼 우리는 좀 특이한 민족임이 분명하다. 그런데 이런 산 이름은 비단 애국가에만 있는 것이 아니라 대부분 학교에서 부르는 교가에도 있다. 산 이름이 들어가지 않은 학교 교가가 없으며 산정기를 언급하지 않는 곳이 없을 정도다. 내가 유년시절을 보냈던 영암은 교가에 '월출산'이 들어갔다. "월출산 묏줄기 힘차게 뻗어서 웅장한 이 고장"이라는 교가를 아침조회 때마다 불렀다. 도중에 영광으로 전학을 갔는데 교가에 들어 있는 산 이름이 '관람산'이었다. 산이라고 해봐야 야트막한 야산인데 어린 소견에도 무슨 저 산에 정기가 있을까 싶었는데 역시 '관람산'이라는 이름으로는 부족했던지 노령산맥을 빌려와 "노령산 정기 타고 관람산 아래 창공에 높이 솟은 우리 학교"라고 노래를 불렀다. 고등학교를 광주에서 다녔는데 이번에는 어김없이 교가에 '무등산'이 들어갔다.

그래서 "무등산 높이 뜨는 청운을 품고 새 세기 우러러 교문 열렸네. 춘광도 앞서 이는 호남 향토에 새문화 일으키세"라고 해서 3년 동안 목청껏 교가를 불렀다. 그런데 가만히 살펴보니 '무등산' 정기 운운한 것이 우리 학교만 있는 것이 아니라 광주시내에 있는 모든 초·중·고등학교가 그랬고 대학교도 그 산 이름과 정기를 빌려 썼다.

일본 놈들도 그런 우리 민족의 성정을 간파하고 정기를 끊겠다며 산봉우리 요소요소에 쇠말뚝 박은 것을 보면 그 사악한 마음 바탕을 능히 짐작할 수 있는데, 희한한 것은 풍수도 풍수려니와 근거도 알 수 없는 쇠말뚝을 박아 정기를 끊겠다고 하는 데 있다. 과연 쇠말뚝으로 우리 민족의 정기가 끊긴 것인가. 글쎄, 잘은 모르지만 쇠말뚝을 박는다고 정기가 끊어진 것 같진 않다. 오히려 반대로 일제가 그런 유치한 짓을 했어도 점점 나라가 더 부강해지고 국운이 더 융성해지는 것을 보면 쇠말뚝을 박은 위치가 틀렸거나 아니면 정기라는 것이 아예 없는 것이거나 둘 중 하나가 아니겠는가 생각한다. 뿐만 아니라 지금은 그보다 더 수십 배 수백 배 큰 대형 송전탑이 산허리를 휘어 감고 넘어가고 티브이 중계탑이나 심지어 휴대폰 중계탑들이 온 국토에 빼곡히 들어차 있으며 산

밑으로는 수많은 구멍을 뚫어 터널을 내고 그 구멍으로 24시간 자동차들이 다니는데 정기가 있기는 있는 것인가 의문이 든다. 또한 아예 개발한다며 수없이 산을 깎아 아파트를 짓고 호텔을 짓고 콘도를 짓고 위락시설을 짓는데 그런 부분은 어떻게 설명해야 할 것인가도 의문이다. 그리고 더 나아가 산이 없고 평야에 사는 사람들은 어떻게 되는 것인가. 네덜란드 같은 나라는 제일 높은 곳이 해발 323미터에 불과하고 산 같은 산이 없으니 정기가 없는 것인가. 또 수상가옥을 짓고 물위에 사는 사람들이나 사막에 사는 사람들은 아예 정기와는 상관이 없는 것인가. 산이 높고 경치가 좋아야 정기가 있다면 당연히 히말라야나 알프스나 킬리만자로 같은 산이 있는 나라들의 정기를 무시하지 못하리라. 글쎄, 산을 좋아하는 것은 좋지만 매사에 이렇게 신비스런 정기와 연관짓는 것을 보면 성경에 기록된 대로 '범사에 종교성이 많은' 백성이란 생각이 들기도 한다.

산은 그냥 산일 뿐이다. 산은 자연이며, 인간 역시 자연의 일부일 뿐이다. 산은 지친 삶을 품어주는 안식처이고, 살아가는 것이 힘들면 기대는 벽이고, 상처받은 자들을 어루만져주는 손길이며, 마지막에 육신을 뉘는 곳이다. 산이란 평지보다 조금 더 높게 흙이나 바위 등이 쌓인 곳일 뿐이다. 정기가 따로 있는 것이 아니다. 지구 전체가 양극으로 이루어진 자석덩이라는 사실을 이해할 필요가 있다. 그럼에도 불구하고 산은 여전히 신비한 존재인가. 내가 서울에서 50년 가까이 살고 있는 곳은 안산鞍山이란 산자락 마을이다. 해발 약 300m가 조금 넘은 작은 산이다. 그런데 이 산이 마치 동네를 병풍처럼 둘러치고 있는데 사람들은 산 밑에 있는 이 동네 이름을 능안이라 불렀다. 이는 사도세자의 장남인 의소가 세자에 책봉되었으나 불과 3세의 어린 나이에 세상을 떠나자 능을 쓴 곳이라 하여 동네 이름을 그렇게 부른 것이다.

물론 그 능은 이미 서삼릉으로 이장한 지 오래고 그 자리엔 학교가 섰지만 사람들은 변함없이 동네 이름을 능안이라고 했다. 그리고 그 동네는 능을 쓴 명당자리란 생각들을 가지고 있었다. 언젠가 여름밤 초저녁에 산자락에 있는 약수터에 갔는데 동네 아낙 둘이서 앉아 도란도란 이야기하는 소리가 들렸다.

"이곳 능안에 사는 사람들은 밥 굶는 사람이 없다잖아." 나이가 좀 지긋해 보이는 여자의 말이었다. 그 말을 받아 조금 더 젊어 보이는 여자가 말했다. "글쎄, 오죽 명당자리면 이곳에 능을 썼을라구!"

오래 전부터 우리 민족은 풍수라는 미망迷妄에 사

로잡혀 있다. 그래서 사람이 정기를 받아 태어난다고 생각하고 사사건건 산의 형세와 연관지었다. 이런 일들이 지역적 편견을 제공하는 하나의 단초가 되지 않았나 생각되는 부분이기도 하다. 그러나 반대로 우리 속담에 "개천에서 용 난다"는 말도 있다. 그 말은 전혀 풍수와는 어울리지 않는 곳에서 인재가 나온다는 뜻이다. 예수님이 태어나신 곳은 유대 땅 베들레헴이고 자라신 곳은 갈릴리 나사렛 마을이다. 성지순례 때 가 보니 두 곳 다 보잘것없는 시골 마을이고 산자수명한 곳과는 거리가 멀었다. 그래서 그 당시 사람들도 말하길 나사렛에서 무슨 선한 것이 나겠느냐고 할 정도였다. 그러나 예수님은 그곳에서 태어나시고 자라서 인류 구원의 역사를 이루신 것이다. 이 한 가지를 보더라도 정기 운운하는 것은 믿을 수 없는 말임이 확실히 증명된 것이다.

그러나, 누가 뭐라 하든 무슨 상관이랴. 우리나라 사람들은 산을 좋아한다. 단순히 좋아하는 것이 아니라 산을 숭배하고 흠모한다. 그래서 인삼보다는 산정기를 받은 산삼을 좋다고 생각하고 도라지도 산도라지를 선호하며 나물도 산나물을, 부추도 산부추를 좋아하고, 기도도 그냥 기도보다 산기도가 신령하다고 생각한다. 산에는 산신령이 있다고 생각하는 사람들은 때를 따라 시산제를 지내기도 한다. 서양인들이 말하는 정복의 대상이 아니라 숭배와 경외의 대상으로 여긴다고나 할까? 사사건건 신비스러운 정기와 연관시키는 발상은 어디에서 온 것일까. 희한한 일이다. 이로 미루어 보면 문득, 산이 신령한 것이 아니라 사람이 신령한 것이 아닌가 하는 생각이 들기도 한다.

소나무

우리나라 애국가의 주제는 '불변'이다.

바람소리가 불변하고, 밝은 달을 바라보면서도 일편단심을 생각하고, 괴로우나 즐거우나 나라 사랑하는 마음이 변치 말자는 것이 골자다. 그런데 이 불변의 중심에 남산의 소나무가 있다. 남산의 소나무는 전쟁의 장수처럼 철갑을 두른 듯하고 괴로우나 즐거우나 나라 사랑하는 마음이 변치 않는 나무다. 그래서 우리나라에서 생각하는 소나무는 최소한도 절개와 불굴의 정신과 기상, 그리고 한겨울에도 청청한 빛을 잃지 않은 의연한 모습이다.

이런 이유 때문에 우리가 소나무를 사랑하는 민족이 되었는지는 모르지만 자고로 화가들은 십장생 중 하나인 소나무를 즐겨 그렸으며 고산 윤선도는 오우가에서 소나무를 노래하였다. 우리도 까까머리 중학

생 때 배운 노래가 독일 민요에 가사를 붙인 "소나무야 소나무야 변함이 없구나"라고 했지만 사실은 전나무를 소나무로 바꾸어 불렀을 뿐이다.

고등학교 시절에는 "일송정 푸른 솔은 홀로 늙어갔어도"라고 시작하는 선구자란 노래를 목청껏 부르고 다녔다. 그리고 가끔씩은 "내 놀던 옛동산에 오늘 와 다시 서니 산천 의구란 말 옛 시인의 허사로고…… 예 섰던 그 큰 소나무 베어지고 없구려"라는 노래를 부르기도 했는데 가사 때문인지 곡 때문인지 아련한 추억에 잠겨 가슴이 먹먹해지기도 했다.

우리 민족의 마음의 중심에 늘 자리하고 있는 소나무!

우리들은 왜 그토록 소나무를 흠모하며 노래했던 것일까. 추사 김정희는 멀리 제주도로 귀양 가서 「세한도」라는 그림을 그렸는데 그 그림이 유명하게 된 것은 소나무 가지 하나가 임금님이 계시는 북쪽을 향한 탓이라고들 말한다. 다시 말하면 변치 않은 충성을 의미하는 상징성 때문인 것이다. 충북 보은 속리산에 있는 소나무는 세조의 행차시 임금이 탄 가마가 가지에 걸렸다는 말을 듣고 스스로 가지를 들어 올려 가마를 지나가게 한 일로 세조로부터 정2품이란 벼슬을 하사받아 입신양명한 전설을 담고 있다.

사람의 말을 알아듣고 임금의 행차까지도 아는 소나무는 그 신령함 때문에 사랑을 받는 것일까. 아니면 변치 않은 절개 때문인가. 그러나 자세히 들여다보면 꼭 그런 것만은 아닌 것 같다.

　사실 소나무가 정작 사랑을 받는 이유는 백성들의 삶 속에 들어와서 함께 생사고락을 한 것 때문이 아닐까.

　소나무는 전기가 없던 캄캄한 시절에 제 몸의 관솔을 내주어 백성들의 어둔 밤길을 밝혀주었다. 선비들에게는 제 몸을 불사른 그을음으로 송연묵을 만들어 시가 되고 노래가 되게 하였으며 시인 묵객들의 사랑을 받는 문방사우 중 하나가 되었다.

　그뿐 아니라 한가위 때는 아낌없이 솔잎을 내주어 온 나라에 솔향기로 송편을 빚게 하고 한 해의 땀 흘린 수고를 달래주었다. 봄이면 송홧가루를 날려 다식을 만들어 먹이기도 하고, 춘궁기 때는 먹을 것이 없는 백성들을 위해 제 껍질을 벗겨 송기떡이 되어 굶주린 백성들의 허기를 달래주기도 한 공로가 크다.

　그리고 땅속줄기에 복령을 매달아 밥이 되고, 떡이 되고, 죽이 되기도 했다. 그뿐인가. 백로 때가 되면 온 산에 송이버섯을 길러내 주고 제 몸의 진액을 빼내어 송담을 키우고, 송라를 키우고, 겨우살이를 길러 백성들을 돌보았다.

또한 제 몸의 상처에서 흐르는 진액은 땅으로 흘려보내어 천년의 세월을 지낸 후 호박琥珀을 만들어 사람들을 행복하게 해주었고, 이른 봄 햇순으로는 송순주를 빚고, 잎으로는 송엽주를 빚고, 옹이진 곳을 내어 송절주를 만들어 민초들의 오장육부에 들어가 힘들게 살아온 한세상 시름을 잊게 하였으니 그 희생이 감동적이다.

그리고 마침내 온몸을 다 바쳐 기둥이 되고, 서까래가 되고, 대들보가 되어 백성들의 안식처를 만들어주었으니 더 무슨 말이 필요하랴.

나무가 거룩하니 모든 것이 거룩한 것일까. 그리하여 사람들은 소나무 곁을 스치는 솔바람 소리마저 놓치지 않고 속세의 때를 씻어낸다 노래하였다.

숭고하고 감동적인 생애! 사람들이 잊지 못하고, 노래하고, 흠모하는 것은 단순히 변치 않는 절개나 기상, 그리고 한겨울에도 그 빛을 잃지 않는 청청한 모습만을 말하는 것만은 결코 아니리라. 그보다는 가난한 민초들과 고락을 같이한 헌신적인 삶의 모습이 백성들의 가슴속에 면면히 살아 있기 때문이 아니겠는가.

너무 긴 하루

초판 1쇄 발행 2020년 4월 30일

지은이 | 김지원
만든이 | 이한나
펴낸이 | 이영규
펴낸곳 | 도서출판 그린아이

등록 연월일 | 2003. 12. 02.
등록 번호 | 제2-3893호
주소 | 서울특별시 은평구 녹번로 6-11 201호
전화 | 02)355-3035
이메일 | gmh2269@hanmail.net

ISBN 978-89-958105-5-2(03810)